BIBLIOTECA
MARCHA CRIANÇA

O segredo do galo-madrinha

Assis Brasil

ILUSTRAÇÕES
Leninha Lacerda

editora scipione

Gerência editorial
Sâmia Rios
Edição
Erdna Perugine Nahum
Roteiro de trabalho
Yara Najman
Preparação
Roberto Belli
Revisão
Cláudia Blanco Padovani,
Regina C. Barrozo e
José Roberto F. Leite
Coordenação de arte
Maria do Céu Pires Passuello
Capa e encarte
Polyana Achcar Frigo
e Chico Coelho

editora scipione

Av. Otaviano Alves de Lima, 4400
Freguesia do Ó
CEP 02909-900 – São Paulo – SP

ATENDIMENTO AO CLIENTE
Tel.: 4003-3061

www.scipione.com.br
e-mail: atendimento@scipione.com.br

2018

ISBN 978-85-262-5505-0 – AL

ISBN 978-85-262-5506-7 – PR

Cód. do livro CL: 734872

1.ª EDIÇÃO
14.ª impressão

Impressão e acabamento
Vox Gráfica

Este livro foi originalmente publicado na Coleção Histórias que eu gosto de contar, da Editora Scipione.

Dados Internacionais de Catalogação na Publicação (CIP)
(Câmara Brasileira do Livro, SP, Brasil)

Brasil, Assis

O segredo do galo-madrinha / Assis Brasil; ilustrações Leninha Lacerda. – São Paulo: Scipione, 2004. (Biblioteca marcha criança)

1. Literatura infantojuvenil I. Lacerda, Leninha. II. Título. III. Série.

04-2501 CDD-028.5

Índices para catálogo sistemático:
1. Literatura infantil 028.5
2. Literatura infantojuvenil 028.5

Eu gostava de ver quando as galinhas de minha mãe eram chamadas para comer milho no terreiro. Eram muitas e de todas as cores: pretas, vermelhas, brancas e rajadas. Minha mãe fazia tó tó tó tó tó e elas vinham correndo de longe.

Criadas soltas no sítio, nunca se afastavam muito, pois a região era terra de raposa e de gato-do-mato. Papai e mamãe sempre acharam que era bem melhor criar as galinhas soltas, em plena liberdade, e assim elas botavam mais ovos e não apanhavam doença ruim.

Meu pai contava, para a proteção das galinhas, com o galo Tejubim, o verdadeiro dono do terreiro, um mestiço indiano de pescoço pelado. Valente e altivo, o Tejubim já tinha riscado no fio da sua espora muita cobra atrevida e muita raposa esperta.

Um dia papai chegou em casa e disse pra mim:

– Tadeu, olhe o que eu trouxe pra você.

Eram duas galinhas – eu achava que fossem – diferentes de qualquer uma que eu conhecia.

Ele tirou as duas do colo e acrescentou:

– São galinhas-d'angola. São conhecidas também como capotes.

– E têm a fama de boas poedeiras – disse minha mãe, também interessada na novidade.

– É um casal – falou meu pai. – Vamos criá-lo junto com o Tejubim e as galinhas.

Achei os capotes muito engraçadinhos. Eram umas galinhas mais corcundinhas do que as galinhas comuns, e com as penas pintadinhas de cinza e branco.

Ainda amarrados pelos pés, de repente um deles estirou as asas e gritou alguma coisa parecida com "tô fraco, tô fraco, tô fraco". Achamos graça e papai disse:

– Tadeu, os capotes são seus.

– Meus, pai? – Eu me abaixara e tentara acariciar os capotinhos, que pareciam assustados.

– Sim, Tadeu. Sua mãe já tem as galinhas e agora você fica com os capotes. E trate de cuidar bem deles.

– Eles comem milho também, pai? – perguntei cheio de entusiasmo.

Mas a coisa não ia ser tão simples como parecia. Já bichos grandes, adultos, papai achou logo que não iam se acostumar com as galinhas. Um dia acabariam fugindo do sítio ou seriam mortos na estrada.

– É um bicho danado de arisco – disse ele. – E chega a voar quase como um gavião.

E um dia fugiram mesmo, mas felizmente um vizinho nosso, seu Marcelino, apanhou os dois capotes e nos devolveu. Eu já estava triste com a perda. E seu Marcelino, também criador de galinhas, disse:

– Eles não vão se acostumar com o galo Tejubim. O macho capote é de briga.

De fato, os dois, Tejubim e capote, já tinham se estranhado.

O galo Tejubim, naturalmente com ciúmes, já tentara bicar e passar o esporão nos capotes, mas eu estava sempre de olho. Até mesmo algumas galinhas tentavam comer a comida deles.

Minha mãe às vezes olhava aquilo e dizia, balançando a cabeça:

– Qual o quê, esses aí não vão se acostumar nunca a comer e dormir juntos. Seus capotes, Tadeu, já estão sofridos e magros amarrados desse jeito. Sou de opinião que seu pai venda os bichinhos.

– Ora, mãe, a gente tem de dar um jeito – eu protestava.

– O que a gente vai fazer, pai? – perguntei, já pensando que meu pai poderia desistir de criar aqueles bichinhos tão engraçados. Afinal, eles eram meus.

– Não sei ainda o que fazer, Tadeu. Para criá-los presos o tempo todo não convém, é uma maldade, nenhum bicho gosta de viver prisioneiro.

– E o que a gente vai fazer, pai? – tornei a perguntar. – São tão bonitinhos os meus capotinhos... Eu queria ficar com eles. Mamãe, não posso ficar com eles?

– Você quer que os capotes vivam amarrados naquele tronco de árvore, como estão agora? Bem, seu pai resolve o que for melhor.

Olhei papai com ar de súplica. Ele pensou um pouco e disse:

– Vamos falar com quem entende de bichos, Tadeu.

Foi aí que meu pai se lembrou do pai dele, que todos nós chamávamos de vovô-neném.

– E se a gente fosse falar com vovô-neném? – ele perguntou. – Sei que cria galinhas e talvez crie também capotes.

Então combinamos a viagem, a gente ia pegar um trem em Itaboraí pra ir até Papucaia. “Que aventura”, pensei, e tratei logo de perguntar a papai – sem que minha mãe ouvisse – se vovô-neném não tinha mania também de criar cobras.

– Acho que não, Tadeu.

– E será que ele vai saber de um jeito pros capotes, pai?

– O que sei é que vovô-neném entende de bichos. Já criou tudo quanto foi bicho, de pena e de pele. Ele já não lhe contou uma vez uma história que fala como todos os bichos nasceram na Terra?

– Contou. Uma história bonita. Engraçado, pai... mas vovô-neném, toda vez que me vê, anuncia logo que vai me contar uma história.

– Ele gosta de você, Tadeu.

Vovô-neném já estava bem velhinho e passava o dia inteiro se balançando numa rede de tucum, pitando o seu velho cachimbo de barro. Vovó já tinha morrido, mas ele não vivia sozinho. Papai pagava uma empregada pra olhar o velhinho e lhe fazer a comida.

Foi dito e feito: assim que vovô-neném me viu, foi logo dizendo:

– Tadeu, hoje lhe conto a história do casamento da filha de uma onça com o sapo oóque. E por causa desse casamento nasceram todos os bichos da floresta.

– Vovô-neném, o senhor já me contou essa história – eu disse e acrescentei pra ele não ficar desapontado: – Mas eu quero ouvir de novo, ela é muito bonita.

Ele me abraçou e senti o seu cheiro de fumo, e também o cheiro bom de ervas do mato, que eu nunca ia esquecer.

– Papai, estamos aqui pra outra coisa, nada de história por hoje – disse meu pai naquele dia. – Como o senhor é o nosso querido vovô-neném, vai logo nos ajudar.

Apareceu a empregada Clementina e perguntou se a gente queria um cafezinho.

– Que cafezinho que nada, Clementina! – protestou vovô-neném. – Traga café adoçado com rapadura e broa de milho.

Voltou-se para meu pai e perguntou:

– Leandro, o que está acontecendo? Que história é essa que eu, um pobre velho, posso ajudar vocês?

– Pois é, estamos aqui por causa de uns capotes, aquelas galinhas-d'angola, o senhor sabe.

E papai contou o caso dos capotes e da minha apreensão por ter de me desfazer deles, caso não se acostumassem com o galo Tejubim e suas galinhas.

– Quer dizer que o galo Tejubim está criando problemas? Ah, eu nunca confiei naquele galo – disse vovô-neném, como se quisesse brincar comigo. – Um galo de pescoço pelado.

Nós três achamos graça e papai disse:

– A coisa é séria, vovô-neném. Queremos criar os capotes soltos, livres, junto com o Tejubim e as galinhas. De noite voltam todos para o poleiro e dormem tranquilamente. Assim como está, não pode ser. O Tejubim bate no capote macho e as galinhas roubam a comida deles.

– Queremos descobrir um jeito de todos viverem em paz – eu disse. – Vovô-neném sabe de um jeito? O que devemos fazer?

O velho coçou a barbicha branca, enquanto a Clementina nos servia o café com broa de milho. Eu prestando atenção nele, pois vovô-neném era um velho bonito, pelo menos para os meus olhos de menino que gostava dele, embora tivesse aquela careca brilhante como bola de bilhar.

Vovô-neném pensou e pensou, tomando também o seu café. De repente botou o seu caneco de lado, pegou o velho cachimbo, deu um sopro no canudo, tirando o sarro, e disse:

– Eu sei de um jeito.

– Oba! Oba!– eu gritei.

– Sabe de um jeito? – Meu pai arregalou os olhos.

– Que jeito, avozinho? – perguntei.

– Bem, temos de arranjar um jeito de o Tejubim fazer amizade com os capotes – disse vovô-neném. – Aquele camiranga de crista curta não é de todo mau. Como as pessoas, todo animal tem o seu lado bom. O Tejubim tem mais medo do que raiva dos capotes.

– Medo, vovô-neném? O Tejubim, que enfrenta raposa e gato-do-mato? – admirou-se meu pai.

– Não é medo dessa coisa de covardia não. Sei que Tejubim é valente. Ele tem medo que os capotes aumentem e sobre pouca comida pras galinhas. Aquele é o território do Tejubim e todo bicho defende o seu território. Não sabem o canto dos pássaros? Eles não cantam à toa. Às vezes estão simplesmente anunciando que aquele território é deles. Tem de haver um equilíbrio entre população de bichos e comida.

– É assim, vovô-neném? – perguntei, achando que ele estava certo.

– Por que é que os cachorros mijam nos postes?

A pergunta estranha, formulada de repente por vovô-neném, ficou no ar. Eu e papai nos olhamos com estranheza.

– Sim, por que os cachorros mijam nos postes? – indagou papai meio desconfiado.

"Talvez vovô-neném esteja caducando", eu pensei por meu lado.

Ele continuou:

– É uma herança dos seus pais antigos, os lobos. Na floresta, os lobos demarcam o seu território mijando em troncos secos de árvores ou em lajedos. Muitas vezes a gente não compreende a atitude dos animais, mas eles sabem o que estão fazendo. Eles defendem seus lugares de moradia, defendem seus filhotes.

– E no caso dos meus capotes, vovô-neném, e do Tejubim? – perguntei ansioso para que ele nos desse uma solução.

O velhinho nos olhou com seus olhos serenos e bondosos e disse:

– Meu filho Leandro e meu netinho Tadeu vão fazer o seguinte, é fácil. É só pegar o galo Tejubim pra ser o galo-madrinha dos capotinhos. Só isso, nada mais.

– E como é que a gente faz, vovô-neném? – Eu e meu pai fizemos a pergunta ao mesmo tempo.

Ele sorriu e se admirou por meu pai não saber nada a respeito de um galo-madrinha.

– O Tadeu, tudo bem, ainda é um menino, mas você, meu filho? De barba e bigode?

Papai sorriu amarelo, como se diz, e de repente teve um estalo, lembrou-se:

– Vovô-neném, galo-madrinha não é a mesma coisa que mula-madrinha ou vaca-madrinha?

Eu continuava boiando.

– Isso mesmo, Leandro – disse vovô, satisfeito.

Ele se voltou pra mim e explicou:

– A mula-madrinha, ou a vaca-madrinha, é aquele animal, mais manso e mais inteligente, que vai na frente de uma tropa de burros ou de um comboio de gado. É o guia da tropa ou do rebanho. Muitos levam até um guizo ou chocalho no pescoço, um sininho, pra que nenhum animal, ouvindo aquilo, se afaste da trilha.

– E todos seguem a mula-madrinha? – perguntei, já imaginando como seria o Tejubim feito um galo-madrinha.

– Todos seguem, Tadeu.

– Sei que é assim, vovô-neném – disse meu pai –, mas...

– E com o galo, como é que se faz? – indaguei rápido.

– É quase a mesma coisa. Fácil, fácil.

Eu estava cada vez mais inquieto. O último pedaço de broa quase engoli inteiro. Papai também estava nervoso e se mexia na cadeira a toda hora. Vovô-neném parecia querer torturar a gente. Isso porque ele era sábio e a gente, ignorante. Este pensamento apenas passou de leve na minha cabeça, pois sabia que ele queria nos ajudar e também brincar com a gente.

Papai não se conteve, levantou-se, abriu os braços e indagou:

– Por que o senhor não diz logo de uma vez o que a gente quer saber? O senhor disse que sabe de um jeito, não disse? Mas nos contou somente a metade.

– A metade é algumas vezes mais do que o todo – disse o velho.

Papai voltou a se sentar, achando talvez que não deveria ter feito aquilo. Vovô-neném limpou novamente o cachimbo de barro e ficou em silêncio enquanto esfarelava na palma da mão um pouco de fumo.

Papai olhou pra mim e fez uma espécie de careta. O que ele temia? Talvez que vovô-neném estivesse apenas caducando e não soubesse de nada. Mas aquela ideia do galo-madrinha tinha um certo sentido. Talvez vovô-neném estivesse testando a nossa paciência.

De repente, papai voltou a falar, ainda meio irritado:

– Ora, vovô-neném, que história é essa? O galo Tejubim não vai sair por aí guiando nenhum capote, não é mesmo?

O velhinho achou graça e disse mansamente.

– Tenham paciência, tudo pode ser feito com paciência. Estou juntando minhas ideias, ora essa. Muitas coisas são desagradáveis de fazer, mas depois de prontas proporcionam satisfação. Sabem o que me disseram uma vez, quando eu andava correndo atrás de resolver meus problemas? Encare cada dia isolado como uma vida inteira.

– Estamos esperando... – balbuciou papai.

O velhinho olhou pra mim, como se esperasse que eu dissesse também alguma coisa. Então repeti as palavras de meu pai, meio tímido e já achando que vovô-neném tinha razão. A gente não tinha ido ali fazer uma visita a ele, a quem não víamos fazia muito tempo, fomos simplesmente atrás do nosso próprio interesse, e vovô-neném estava nos dando uma lição. Uma lição de que a gente tinha de ser humilde e amigo.

– Estamos esperando...

– Então é isso – voltou a falar vovô-neném. – Vocês prendem o galo Tejubim num pequeno cercado, bem pequeno, e botam dentro também os dois capotes.

– Aí o Tejubim mata os dois – quase gritou meu pai.

– Calma, Leandro, o Tejubim não vai matar os capotes. Primeiro ele vai estranhar a situação e vai ficar na encolha até descobrir o que está acontecendo.

– E depois, vovô-neném? – perguntei nervoso.

– Não precisam botar comida nem água por um dia inteiro. Só então devem alimentar o Tejubim e os capotes, e também dar água de beber. E isso todos os dias.

– E por quanto tempo isso, pai?

– Durante cinco dias, cinco dias são o suficiente. Os três juntos, comendo e bebendo e dormindo juntos.

– Não vão brigar, vovô-neném? – perguntei.

– Não, não vão. Vão se estranhar no primeiro dia, mas depois viverão em paz, porque sabem que têm de conviver e repartir a própria comida que lhes é dada. Nenhum animal é burro, como alguns homens...

– Cinco dias, pai? Pra que tanto tempo?

– Ora, Leandro, essa é a receita. – O velhinho já tinha acendido o seu cachimbo e a Clementina aparecera de algum lugar para acender o lume que se apagara. – Cinco dias, sim senhor. Os capotes vão indo, até se acostumarem a comer e a beber e a dormir perto do Tejubim. E o Tejubim também. No fim dos cinco dias vocês vão ver.

– Ver o quê, vovô-neném? – eu perguntei.

– Que eles estão prontos. Prontos pra viverem juntos e em liberdade, sem briga e sem correria dos capotes pra longe da casa.

– E como a gente vai descobrir que eles estão prontos, pai?

– Ora, é só prestar atenção no cercado. Quando o Tejubim e os capotes começarem a ciscar e a catar sementinhas pelo chão, juntos e sem mais disputa pela comida, aí eles estarão prontos.

– E podemos soltar os bichos? – perguntou papai.

– Sim, Leandro, podem soltar os bichos.

– Eles vão ficar camaradas, vovô-neném? – indaguei. – Vão ficar amigos pra sempre?

– Sim, vão ficar como uma família.

– E o Tejubim não vai mais bater nos capotes? – perguntou papai. – O nosso galo é metido a valentão.

– Eu sei, mas tudo vai ficar como uma boa família unida.

– Incluindo as galinhas? – indaguei.

– Incluindo as galinhas. O Tejubim não é o dono do terreiro? Não é o dono delas? Então, elas vão fazer o que seu dono fizer. Tudo em paz, tudo em paz.

– Que bom, vovô-neném – eu disse, a modo de lhe agradecer. – Tudo em paz com os capotinhos e o Tejubim.

– Tejubim, o galo-madrinha – disse o velhinho com um sorriso.

– O nosso galo-madrinha – repeti.

Papai ainda tinha algumas dúvidas e queria tudo bem explicadinho. Perguntou:

– Tudo fica normal no terreiro, pai? Quero dizer, todos os bichos vão ficar como um único rebanho?

– Ora, Leandro, eu já não disse isso? Os capotes nunca mais vão sair de junto do galo Tejubim. Não vão atrapalhar a vida dele, mas ficarão sempre ali, rente com o galo, e por isso todas as galinhas do terreiro vão respeitar os capotes. Onde o Tejubim e as galinhas estiverem ciscando, catando sementinhas no chão ou insetos e até minhocas, os capotes do Tadeu estarão perto, aprendendo também como se consegue alimento direto da natureza. E como galo não se afasta do sítio com as galinhas, os capotes também não vão fugir.

– Que coisa, vovô-neném – disse meu pai. – Como se diz por aí, vivendo e aprendendo.

– Bem, agora podem voltar pra casa, cuidar dos bichos. Quanto mais ligeiro, melhor, por causa do sofrimento dos capotes, que estão amarrados pelos pés – disse o velhinho, acendendo novamente o lume de seu cachimbo, satisfeito por ter ajudado a gente.

– Está bem, agora vamos aparecer mais vezes por aqui – disse papai. – Esta visita com o Tadeu foi de pedido de socorro, mas da próxima vez vamos ficar mais tempo.

– Pode levar umas broas de milho pra sua mãe, Tadeu – disse vovô-neném. E a Clementina tratou logo de trazer um embrulho cheio delas.

As despedidas foram feitas. Vovô-neném me abraçou, um abraço longo, sentido, eu sentindo o seu cheiro de fumo e das ervas boas do mato.

E, como ele tinha ensinado, em relação ao Tejubim e aos capotes, foi feito.

Eu e papai preparamos o pequeno cercado pra prender o galo Tejubim e os capotes. Arranjamos um pouco de madeira e arame e fizemos tudo bem perto de casa, de onde a gente podia ficar de olho nos bichos. As galinhas estranharam aquilo. E mais espantados ainda ficaram o Tejubim e os capotes. Desconfiados, um olhando pro outro. O Tejubim chegou a ensaiar um golpe de asa baixa e esporão riscando o ar, mas os capotes se recolheram a um canto.

O interessante foi que a fome daquele primeiro dia de prisão começou a aproximá-los. O galo cacarejando ou resmungando, os capotes soltando pequenos gritos, passaram a examinar todo o cercado, paredes de tábua e arame, o chão batido, os esteios de madeira – o exame era exatamente à procura de comida, mas faziam isso ainda sem se aproximarem muito. A prova definitiva, como dissera vovô-neném, seria quando estivessem ciscando e catando sementinhas sem mais desconfiança um do outro.

No segundo dia de cativeiro, passei a jogar alguns punhados de milho no cercado e a levar um pouco de água no alguidar de barro. E eles, Tejubim e os capotes, comiam e bebiam normalmente – uma ou outra ameaça, uns cocorocós, uns grunhidos e nada mais.

E assim os dias foram passando. Eu notava que o convívio deles estava cada vez melhor. O galo Tejubim já não arrastava a asa para o capote fêmea, nem o capote macho encarava o galo. Na madrugada do penúltimo dia de cativeiro, acordei no meu quarto com o canto do Tejubim, que nunca mais havia saudado o rompimento do dia. Fiquei feliz, e mais feliz ainda quando ouvi os capotes cantando “tô fraco, tô fraco, tô fraco”.

Pela manhã, logo que meu pai me viu, perguntou:

– Você escutou, Tadeu?

– Escutei, pai. Acho que a gente já pode soltá-los. Já fizeram camaradagem.

– O que quero ver é se os capotes não vão embora, depois de soltos. Por que ficariam perto do Tejubim?

– A amizade, pai. Eles já são amigos. Vovô-neném não disse? Eles compartilharam a comida e a dormida e não brigaram mais.

– É bom que pense assim, Tadeu.

Finalmente decidimos soltar os bichos, mamãe no terreiro e alguns vizinhos que sabiam da história e não acreditavam que desse certo. Muitos diziam que se os capotes se espantassem por qualquer coisa iriam sair correndo e voando e nunca mais ninguém os pegaria.

Papai me pediu que abrisse o cercado. Mamãe estava com um alguidar de milho nas mãos, algumas galinhas por perto. Abri a porta meio trêmulo de emoção. Mamãe fez aquele tó tó tó tó tó e as galinhas se aproximaram. Tejubim foi o primeiro a tomar a iniciativa de sair do cercado. Saudou as suas galinhas, arrastando as asas e amolando as esporas, e passou a comer o milho que minha mãe jogava no terreiro. Logo atrás dele saíram os capotes. Piavam, trincavam o canto e, ainda meio desconfiados, passaram a comer junto com as galinhas. Algumas delas olharam para o Tejubim, naturalmente esperando a sua reação diante dos capotes, mas o galo parecia não tomar conhecimento deles.

– Deu certo! – gritou meu pai.

– Deu certo! – eu repeti.

– Todos viverão agora livres e em paz – disse minha mãe.

Eu torcia para que nada espantasse os meus capotes. E eles continuaram comendo ao lado do Tejubim.

Meu pai pediu a mamãe que não jogasse mais milho, para ver o que acontecia. E assim foi feito. Acabada a ração de milho, todos, galo, galinhas e capotes, ficaram por ali juntos, respeitando-se, e começaram a ciscar e a caçar sementinhas no terreiro. Pra onde o Tejubim ia, os dois capotes iam atrás, e o galo não se importava com isso, parecia estar achando até boa aquela novidade no seu terreiro.

– Eles não vão mais embora – disse mamãe.

– É, mãe, não vão – eu disse. – Vão fazer ninho, pôr seus ovos e criar seus filhotes.

– Vovô-neném estava certo – disse papai. – E eu ainda cometi o pecado de não acreditar nele.

– Eu sempre acreditei no vovô-neném – eu disse.

– A experiência é tudo na vida, meu filho – disse mamãe. – Seu avozinho, embora velho e sem poder mais trabalhar, ainda pode ser útil e amigo. Não devemos esquecê-lo, temos de ir mais vezes à sua casa, não é, Leandro?

– Sim, claro. Sem dizer diretamente, ele nos cobrou essas visitas.

– Sim, devemos visitar vovô-neném mais vezes – eu disse. – Ele é nosso amigo e tem sabedoria.

Em breve o galo Tejubim iria provar que de fato criara amizade pelos meus capotinhos. Foi numa época de seca em que as raposas começaram a atacar os rebanhos da região. Todo mundo tratou de recolher as galinhas mais cedo aos seus poleiros. Alguns chegavam mesmo a trancá-las nos celeiros.

Lá em casa, quando começava a escurecer, as galinhas, o Tejubim e os capotes se acomodavam no oitão da casa, atrás da cozinha. Ali papai fizera um gradeado coberto para elas passarem as noites. Era aberto para que pudessem sair bem cedinho para ciscar e comer os matinhos da redondeza e caçar insetos. Mais tarde era que vinha a sua ração de milho.

Com aquela notícia de que as raposas estavam atacando, papai só contava com o alarme do Tejubim – ele não tinha medo. Enquanto esperava a ajuda de casa, mantinha, com esporão e bater de asas, qualquer bicho a distância, fosse guaxinim ou raposa.

Então uma noite aconteceu. Gritos do Tejubim, bater forte de asas e papai saindo de casa correndo com o candeeiro na mão e uma velha espingarda de cano longo. Eu rente atrás dele. Era uma noite enluarada e assim pudemos ver uma velha raposa cinzenta atacando o poleiro e pegando o capote fêmea por uma de suas pernas. Ela dava gritos agudos e, antes que meu pai preparasse a espingarda, o Tejubim, meio afoito, corajoso, saiu em disparada atrás da raposa.

Nunca tinha visto o Tejubim correr tão rápido, chegando mesmo a levantar voo no seu empenho de soltar a capotinha. Quando a raposa se embaraçou no cercado do vizinho, o Tejubim caiu em cima dela de bicadas, os esporões riscando o seu couro. Aí a raposa soltou o capote fêmea e saiu em disparada, desaparecendo no escuro mais distante da noite.

O galo estava satisfeito com o que fizera. Arrastou a asa para a capotinha e esta, a modo de agradecimento, cantou "tô fraco, tô fraco". Eu e papai botamos os dois de volta no poleiro, mas o dia já vinha clareando e todas as galinhas e o capote macho já tinham descido para o terreiro. Mamãe apareceu e também festejou a proeza do Tejubim, botando para todos um bom punhado de milho.

Foi assim que tudo aconteceu e eu nunca mais ia esquecer da história do galo-madrinha e dos capotes.

E desde então, quando aparecia visita lá em casa, eu sempre achava um jeito de encaixar na conversa a pergunta:

– Já viu o nosso galo-madrinha?

Todos se espantavam e eu explicava com uma pontinha de orgulho:

– A gente tem aqui no sítio um bonito e valente galo-madrinha. Ele guia os meus capotinhos como se fosse mesmo uma mula-madrinha de tropa de burro ou uma vaca-madrinha de comboio de gado.

As visitas ficavam sempre curiosas com tal revelação. E eu as chamava para verem o Tejubim e os capotes juntos, num só bando com as galinhas de minha mãe.

– Este é o galo Tejubim – eu apontava satisfeito. – Ele agora é um galo-madrinha-indiano-camiranga-mestiço.

Meus pais achavam graça e eu me sentia importante com a revelação, um menino mais conhecedor da vida.